月にすっぴん

秋元里文 詩集

月にすっぴん　もくじ

Ⅰ　きみこい詩

Ⅱ　いろいろある詩

つぶやき詩編

Ⅲ　おはな詩

装丁・挿画　波田佳子

Ⅰ　きみこい詩

さそわれて

すいせんの
かおりただよう
二月のおわり

カンカン　カンカン
きいろとくろ
しましまのぼく

こんど
生まれてくるときは
ミツバチになると
きめた

花と花のあいだを
いったりきたりして
空から世界を見てみたい

カンカン　カンカン
きいろとくろ
しましまのぼく

いつもまえをとおる
あの子の
ゆれるかみ
まつげの先に

さわってみたい

萌え

きみをおもいだすと
かおがひとりでにゆるむ
はなしたことを
なんどもなんども
あたまのなかでくりかえしては
きづくと
おもいだしわらい

つぎは
いつ
あえるかな

髪を切る

期待と
不安が
ハサミと一緒に
交差する

ぱさ　ぱさ　ぱさ
床に落ちる
昨日までのわたし

鏡の中で
目が合う

知らないわたし
仲良くできるかな？
……よろしくね……
新しいわたし

耳たぶ

じんじんじん
じんじんじん

風が冷たく
しみる今朝
冬が来たこと
おしえてくれる

ぽっぽっぽ
ぽっぽっぽ

ずっと隠してる
この気持ち
あの子には
おしえないで

何も言わないのに
おしゃべりなやつ

雪だるま

雪がつもると
あちこちに現れる
だるまたち

空の上から誰かが
逢いに来るから

雪が降ると
どうしても
逢いたくなる
誰かが

雪になって
あなたに
逢いに来るから

さわらずにはいられなくなる
つくらずにはいられなくなる

雪をさわった手が
じんじん
熱くなるのは
そのせいなんだよ

2月14日

どうして
こんな日があるの

一年で一番
アイツが遠くなる

街中にチョコやプレゼントがあふれて
学校中がソワソワして
違う顔になる

わたしは
毎年

失敗した
本命チョコを
ひとりで食べる

みんなに
「もらってあげてもいいよ」
なんて言うアイツも
聖バレンティヌスも
嫌い

可愛くない
わたしはもっと
嫌い

カミサマなんて
大嫌い

席替え

どうか
どうか
どうか

一度でいいから
あの子の隣に

そんな
願いくらい
聞いてくれても
いいじゃないか

そうしたら
きっと
もっと真面目に
授業だって受けるのに

いや

やっぱり
見惚れちゃって
ダメか

手に汗握るくじ引きは
今日もまた
ハズレ

春のおしごと

つめたい
あたたかい
あたたかい
つめたい

かきまぜ
かきまぜ
めをまわす

ぬるめる

ぬがせる
めぶかせる
さかせる
もたせる
おしよせる
はかせる
なかせる
くぐらせる

かわいい
あのこを
おとなにさせる

ふたり乗り

いつも立ち話してる
制服姿のふたり
飽きもしないで
何時間も
いつまで経っても
ずっと立ち話

あの子たちには
ドラマのような
ふたり乗りが
似合いそう

あの頃
恋人ができたら
するものだと思ってた
自転車で
ふたり
ずっと走って

どこまでも
どこまでも
誰も見てない道を
はしゃぎながら
自転車で

ふたり
ずっと走った

行くあてもない
夕暮れの空の下
ただ
もっともっと
遠くまで
連れて行って
欲しかった

ずっとずっと
一緒に

つぼみ

ほどけていく力と
このままでいたい気持ちの
まざりあうところで
立ち止まっている

あせらない

でも
とどまることは難しい

そんなに見つめられると

七夕

空を見上げても
星はまばら

あつい夏

ため息まじりの
ねがいごと

短冊には書かない
わたしだけが知っている

叱られて

君にあった夜

坂の上から
雲の帽子をのせ
大きな顔で
こっちをじっと見ている
やや満月

白い光に
目を伏せるけれど

透き通されて痛い

こころは
見えないはずなのに

お月様
明る過ぎます
今夜は寝付けません

月にすっぴん

満月に映ったわたしは
いちばん
すっぴん
躰も心も

すべて
あなたにとどけたい

三日月

暗く沈む空に
鈍く光る剣《つるぎ》
どこまでも
ついてくるのなら

ひとおもいに
胸を突き

あなたのもとへ
連れて行って

はつもも

あみあみくっしょん
みにまとい
ちょこんとすわった
おしりがふたつ

ほんのり桃色
ゆめみごち
ふんわりあまい
夏の香に

さそわれ

さそわれ
さそわれて

ことしの
はつもも
買いました

そおーっと
そおーっと
さわってね

ゆびでおしては
ダメですよ！

青さものこる
かわいい
はつもも

そっと
口づけしてみます

食べごろサイン
見逃さないように
毎日そっと
なでてみます

うぶうぶうぶげも
うふふなきぶん

ささって
ちくちくするけれど

ふわりと
香りがのこります

もういいよ

が、聞こえたら

冷やして
いよいよ
いただきます

ホットケーキ

やはりどうしても消えない
なめらかなホットケーキの生地に
ぷつぷつと立つ泡のように
どこかドロっとして
あなたのことばかり考えている

ふっくらと焼きあがった
こんがりとキツネ色の
おいしいホットケーキを
いつまで焼きつづけることが
できるのだろう

ほうっておいて
冷たくなったホットケーキは
ちびくろサンボも食べてはくれない
百枚も千枚も焼いてしまったら
いつかはきっと
飽きてしまうよ

でも
だからと言って
オアズケのままで
いられるわけもない

解凍

ふと
あの歌が
流れてくる

全てが一瞬止まる

なつかしい痛み
氷河に閉じ込められた
泡のように

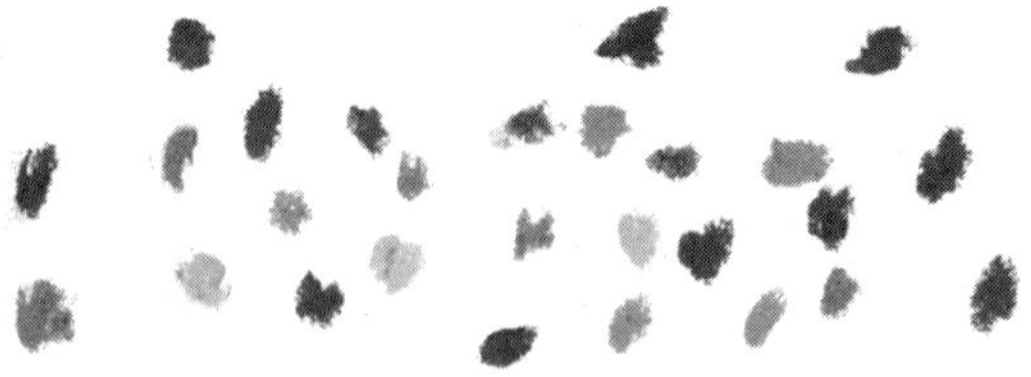

シュワシュワと
記憶もはじけた

もう
どこにも無い
あの日と一緒に

ノックダウン

朝の悲しいニュースに
ネットの噂話に
満員電車のため息に
クラスメイトの薄笑いに
教師の嫌味に
空っぽの会話に

毎日なぐられて

もう何も感じないと思っていた
なのに

なんなのだ
たった一瞬の
あなたの
まなざしに

うちのめされている
その真っ直ぐさに
完膚なきまでに

本当のこと

本当のことが知りたかった
わたしは　あなたについて
本当のことが知りたかった
わたしは　わたしについて

あなたの中になら
本当のわたしをみつけられる気がした

本当のことをみつけたかった
わたしは　わたしについて

カナボウ哀歌

鬼にカナボウ
こわいものなし

恋にカナボウ
必要もなし

恋はカナボウ
もうそれだけで
きみの心はいっぱいなはず

恋はカナボウ
臆病すぎても
恋はカナボウ
強気なきみも
恋にかかれば
何も見えずに
気がつけば
ひとりかたくな
恋のカナボウ

彼女が詩人でした

彼女が詩人でした
死にたいくらい恥ずかしくて惨めな僕でした

初めから
「恋愛は自由市場」
って言うし
「私を飽きさせないで」
って言うし

気持ちをすぐに短歌で伝えてくるし
ふたりのことを詩にするし
そいつをすぐにネットにあげるし
喧嘩をした時は詩で批判されて訳が分からないし

好きな人ができると
創作意欲が増し増しで
バレバレだ詩

魂の自由ってなんだよって

結局、機嫌を損ねた理由は分からないまま
それっきり
彼女は別の恋へ

僕なんかおかしい事言っていますか？
普通の感覚ですよね？

※Yahoo 知恵袋「彼氏の車がタントでした」から発展した Twitter 大喜利として

II いろいろある詩

あざ

いつどこでぶつけたんだろうと
おもいだしてなおるわけじゃない

さわるといつまでもいたい
わかっていても
ほうっておくしかないよね

だんだんいろもかわりはじめる
じみにさいせいするわたし
だからもうあとはねるだけ

いつどこでどうしようとさ
いつのまにかきえていくから
あのひのできごとにさよなら
まだここにあるけどさよなら

あなぼこ

まだまだ　ときどき　ずきずき　します
とつぜん　こころに　あなぼこ　あきます
どしたら　よいのか　とほうに　くれます

まだまだ　ときどき　ずきずき　します
とつぜん　なみだが　こぼれて　きます
あくびが　でたせい　いいわけ　します

どこかに　きえて　しまいたい
あなぼこ　あけて　はいりたい

そんな　よわきも　きこえて　きます
あなぼこ　あけて　さけんで　みます

ゆめに　つながり　でてきます
ねごとで　さけんで　めがさめます

失言

口からこぼれ落ち
あっと思った時には
空気を焼け焦がし
穴をあける

こころには
いつまでたっても
消えない痕

かきとめる

わたしがいきていること
ここにいること
そんざいすること
かんがえていることの

きろく
きおく
あかし

わたしを
ここにとめる

きのうの三日月

かわいかったな

すぐちかくに
金星もいて

泣きたい
わたしのかわりに
ぼんやりにじんでた

暗くなった空に
浮かんで
いっしょに歩いてくれて

しんしん
しみた
かえり道

すれちがい

あなたと
わたしが
つたえようとしたことは
ちゅうをとんで
めにみえないはやさで
てのひらのうえの
がめんのなかになげこまれる

あなたも
わたしも
すぐに
ばらばらになる

てのひらのうえの
がめんをみつめ

だれかの
いま　を
ひろいあつめ

めのまえの
いまが
とおりすぎるのに
きづかない

なりたくて

なにかに
なりたくて

いまある
わたしではないものに
なりたくて

それが
あなたののぞむ
わたしではないと
わかっている
それでも

なりたくて

台所のすみで
あみのめをつきやぶる
じゃがいものめのように

どこかへむかって
それでも
どこかへむかって

このてを
のばそうとしている

道案内

今日も
色とりどりに
あそこの角
こっちの道
くったりと
拾い上げられ

ガードレールあたりから
かたっぽのままで
揺れている

かじかむ季節の
つとめを終え
ひとり迷子の手袋が
指し示すその先は

春でしょうか

啓蟄

土の中で
眠っていました
やわらかな雨の音で
目を覚ましました

芽吹く私を
みつけてください
蠢くわたしに
ふれてください

忙しい
だなんて言わないで

春の頭痛

春のせいで
なにもかもが
じっとしてくれない

風の冷たさを無視した
陽の光の合図に

少しずつみんな
それぞれの場所から
抜け出そうと
飛び出そうと

たくらんでいる

虫も植物も
鳥も動物も
土の中で
体の中で

そして

私から抜け出そうとする私が
頭蓋骨を叩くから

今

割れるように頭痛がするのだ

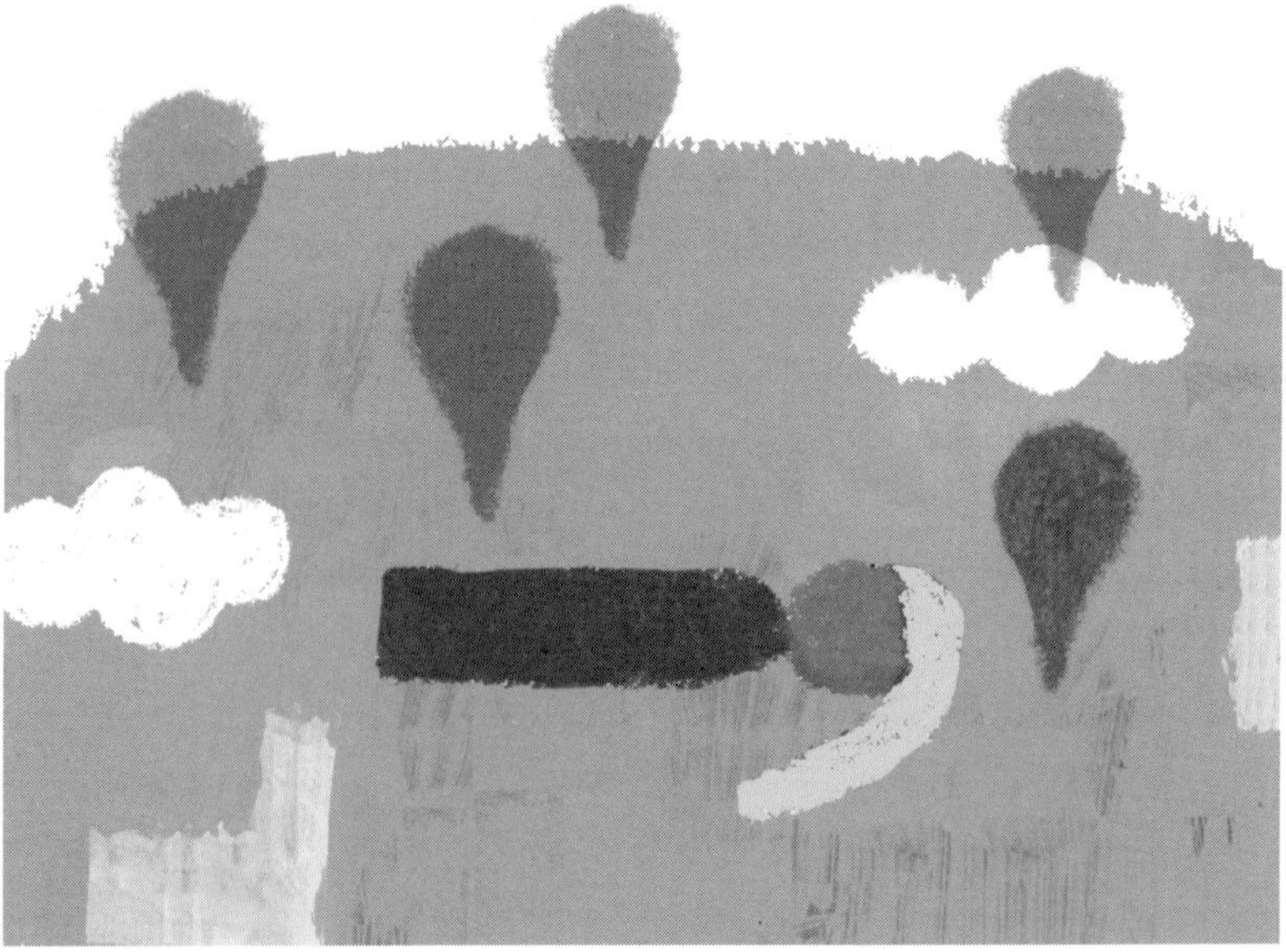

青

もしもこの世に
青がなかったら
すべての魂が
帰る場所を無くしてしまう

空はどうしただろう
海はどうしただろう
雲はどうしただろう

わたしは
どうしただろう

空

雲ひとつない空

私は
どこから来て
どこへ行くのだろう

涙が　ひとつぶ　こぼれた

ひみつ

田んぼは
空になりたかった

水の中に
空を映して
空をしまって

空からもらえるもの全てを
稲に託した

まちわびて

ちいさな　ふくろのなかで
とけていた
あめ

ないて　いたんだね
ずっと
だれも　こなくて

きづき　1

そうか
ほんのう　に
「゛」がつくと
ぼんのう　に
なるのね

きづき　2

でも
ぜんのう　から
「゛」がおちると
せんのう　に
なるのね

満月

どうしてそんなにあかるいのに
どうしてそんなにさみしそうなの

時計

自分のが狂ってるのか
世間のが狂ってるのか

ふつう

そう言われるのが一番こまる
そう言われるのが一番つまる

探しもの

そんなとこには落ちてない
わすれたころに見つかる

波

耳の奥に眠っていた音が目を覚ます
目の前の海
青と白のしぶき

わたしはこの音を
知っている
知っていた

いつの記憶なのか
思い出せないけれど

ここに来たのは

初めてだけれど
憶えている
ざざざ
ざざざん
ざざざ
ざざざ
ざざざ
ざざざん
遠いわたしとつながる音

ラジヲ体操

しんせんな　あさを　すって
ねむだるさを　はいて
たるんだせいしんを　のばし
なまけぐせを　ちぢめる
ぼんようさを　ねじり
じそんしんを　そらせて
こうじょうしんを　ちょうやくさせ
はっそうりょくを　ひらく

もういちど

たるんだせいしんを　のばし
なまけぐせを　ちぢめる
いいわけを　ねじりすて
じそんしんを　ぐるりとまわし
しんせんな　あさを　すえば
ねむだるさは　きえて

しゃっきりとした　わたしが
たっている

風立ちぬ

見上げた雲は
かき消され

風が
夏の名残を
連れ去っていく

ひとつ
また
ひとつ

空の色を
ひぐらしの声を
わたしを
こころを
連れ去っていく

ポツンと
秋だけ
おいて

きめたの

わたし
きめたの
かんたんに
なかないって

わたし
きめたの
むりして
わらわないって

わたし
きめたの
じぶんで

きめるって

わたし
きめたの
しぬまで
いきるって

むずかしいけど
そうするって
きめたの

きぬたの
たぬきと
そう
きめたの

みぞれふる昭和の終わりニッポンと
かわりはじめたマイレボシューション

誰ですか誰なのですか誰でしょう
どう過ごしたらそうなれるのよ

制服の胸のボタンをねだられた
あの日の君は何処に行ったの

同窓会みんなより先に逝った
あの子を囲む夜はふけてく

目は覚めた?まだ覚めやらぬやばい夢
リアルがフェイクを追い越して草

平成は揺られ揺られて夢果てて
機種変だけを繰り返してて

「でもだから」「ハラスメント」で笑い取る
それもう要アプデでしょ

押入れのノスタルジーは踏んずけて
知らないことは Google に聞け

コロナとかリモートだとか言ううちに
令和もはや六年になり

新宿のゴジラが吠える駆け抜けた
時代と暮れる団塊ジュニア

遠い日と思っていたのXデー
止まることない終わりの始まり

指ひとつポチして満たす欲求の
向こう側には透明人間

足音は聞こえていたよいつだって
あの日あの時この場所にいて

気付いたら顔もどこかへ失くなって
コピペの街にカラスが笑う

かなしくてただかなしくてかなしくて
つるべ落としの夕闇に泣く

かわりゆく景色の中でかわらずに
記憶の中の君探してる

雷も狂わす熱の冷めやらぬ
ゲリラ豪雨降る神無月

青高くビルの背よりもなお高く
観覧車回る東京でべそ

紅の落ち葉の先の陽だまりに
つかの間猫の影まるまると

カレンダー買わずにゆくよこれからは
いまここ日々是好日

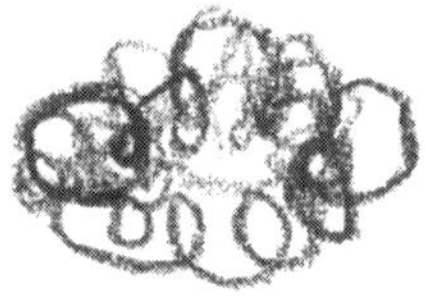

Ⅲ　おはな詩

にじおじさん

かえりみち
うつむいてあるいてた

「みてごらん」

しらないおじさん
ゆびさすさき
ビルのあいだせませうに
おおきなおおきな
にじ

とおるみんなも

ゆびさして
しばらくたちどまった
まちのおとが
きえた

こえかけてもらわなかったら
きっと
きづかなかった

「ありがとお」

ふりむくと
おじさんも
にじといっしょに
きえていた

くろやぎさん

「おとしたてがみは　いただきました」

こころとこころの
じかんとじかんの
あなたとわたしの

すきまに
おちた

あのてがみ

いまごろ
おとなしく
やぎの
はらのなか

もぐもぐ
もぐもぐ

いつのまにか

やぎは
はらから
くろくなる

仕立屋

この世の《すべての出来事》という布地で
「幸せ」でも
「不幸せ」でも
お仕立ていたします
ええ？　お店は
【ココロノオクノ小路下ル記憶ノ長屋】

不思議なのは
みなさま何故だかいつも
「新しいものを」と言いながら
同じパターンで仕立てたがる

時には
古い布地での仕立て直しもお受けします

色柄は違えど
むろん似たような形のものが仕上がります

それを何着も何着も着替えてみては
やはり「新しいものを」と

店は
繁盛いたしますが
お客様に満足していただけるまで
作りつづけるしかできません

この世の《すべての出来事》という布地で
「幸せ」でも
「不幸せ」でも
お仕立ていたします
ええ？　お店は
【ココロノオクノ小路下ル記憶ノ長屋】

今回のご希望は
「幸せ」？
「不幸せ」？
「新しいもの」でよろしいですか？

半月夜

その夜は
やけにまっぷたつの月が
ボクを見ていた

他には何も
ボクを見ているものはなかった

空気は
いやというほど
透き通っていたから
月の視線が痛かった

少し離れたところから
金星がうかがっていたが
彼女のおめあては
いつだって
あいつ

帰る途中で
黒白の猫と
ぶつかりそうになった
あわやというところで
猫は無愛想に
黒い背中を翻して去った
白い腹を大事そうに抱えて

そんな一部始終も
まっぷたつの月は見ていた

もしかして
あの
いつも同じところから始まる
満月の夜に
眩しすぎるあいつを
まっぷたつに割って沈める夢は
本当の出来事だった？

ボクは
とんでもないことに
気付いてしまった

それであいつ
ずっとずっと
こんなところにまで
ついてくるのか

…秘密は明かせない

ボクは
窓からコーヒーカップの中に先まわりしていた
まっぷたつの月を
ぐいと飲み干した

かけおち

彼は待っていた
大きなエビ天になって
わたしは
湯気の上がる白いごはん

アツアツのふたり
家を飛び出した
ふたりにピッタリな
どんぶりを求めて

坂道を転がり
街をさまよい
惣菜屋に連れ戻され
蕎麦屋につかまり

それでもふたり
逃げて逃げて港にたどり着いた
「あきらめちゃダメだ」
「あきらめちゃダメよ」
と、貨物船に忍び込み
どんぶりもおはしも無い国へ流れ着いた

それでもふたり
毎日ぎゅっと抱き合って
天丼になる日を夢みた
そしていつしか
天むすになっていた

どんぶりなんて
はじめから
いらなかったね

夜の音

目をつむると
どこからか
ゴォーッと音を立てて
私の体の上を
通り過ぎていく
何か

そいつに
大事なものが
拐われてしまいそうで

布団をかぶって
耳を塞ぐけれど

朝には忘れて
すっかり
顔なんか洗っている

それでも

やっぱり今日も
目をつむると
どこからか
あの音が
聞こえてくる

私の上を
見えない速さで
通り過ぎていく

ぶつぶつ

ああ、もうイヤなことばかり

ぶつぶつ
ぶつぶつ
ぶつぶつ

と、口からこぼれた
ぶつぶつ　が
足元に転がるので
思いっきり蹴っ飛ばすと
ぶつっ　と音を立てて
つぶつぶ　になった

ぶつぶつ　は
つぶつぶ　と
そこいらじゅうに広がって

ぶつぶつ　つぶつぶ
ぶつぶつ　つぶつぶ
ぶつぶつ　つぶつぶ

と、行列になって
こっちに寄ってくる

たすけて！

手紙

最近
わたしのことを
誤解していませんか？

わたしは虚しい
何のために存在しているのか

あなたと世界をつなげるため
どうしても
伝えたいことを
残したい想いを
時空を超えて
あなたに届けるため
わたしは

ずっと存在しているのに

あなたときたら
人を傷つけてばかり
嘘やごまかしばかり
見掛け倒しの上っ面を飾るために
わたしを利用するのは
やめてください
あんまりです
わたしはもう
この世から消えてしまいたい

さようなら

ことばより

―この手紙を受け取った人は、自動的にことばを失います

知らずに

暗い空から
堕ちてくる雨が
全ての闇を
洗い流したら
朝がくる
夜はそう信じている

だからいつまでも
真っ暗でいられる

雨はただ
地上を叩き
闇の中で

自分を確かめている
朝になれば
自分が何者であったか
思い出せる
雨はそう信じている

だからいつまでも
降りつづけていられる

夜と雨は
とても似ているのかもしれない
朝はそんなことも知らずに
空を明るくしはじめる

ショートケーキのいちご

ぴかぴかの
いちご
しろいクリームのドレスきて
おうじさまを
まっている

どんな　ステキな　ひとかしら

まどのそとを
ながめても
なかなかあらわれない

おうじさま

そのひ
あらわれたのは
おじいさま

「ショートケーキをください」

いちごはうなだれ
はこにつめられ
みせをたびだった

はこのなかで

いちごはないた

まだみぬ
おうじさまにあいたくて
おじいさまがうらめしくて

おじいさまは
いえにかえり
ひとりでこうちゃをいれ
てんごくのこいびとを
おもいながら
あまずっぱく
ケーキをいただいた

そのばん
おじいさまは
おなかがいたくなった

しくしく　しくしく
しくしく　しくしく
だれがのこえをききながら

しくしく　しくしく
しくしく　しくしく…

忘れんぼうの天使

どうしてだろう
こんなにも忘れんぼうなのは
そう思うことばかり

いつも
忘れたり
失くしたり
落としたり
こどもの頃から
大人になっても
あいかわらずだ

けれども

忘れたり
失くしたり
落としたり

それがきっかけで

優しくされたり
嬉しくなったり
する

きっと
わたしのそばには

忘れんぼうの天使が
くっついていて
いろんなことに
気付かせてくれているんだ

世界が
見えない糸で繋がっていることを
「ほら　ね」と
となりで笑って

でも
忘れんぼうの天使は
それが自分の仕事だってこと
とうに忘れているのかも

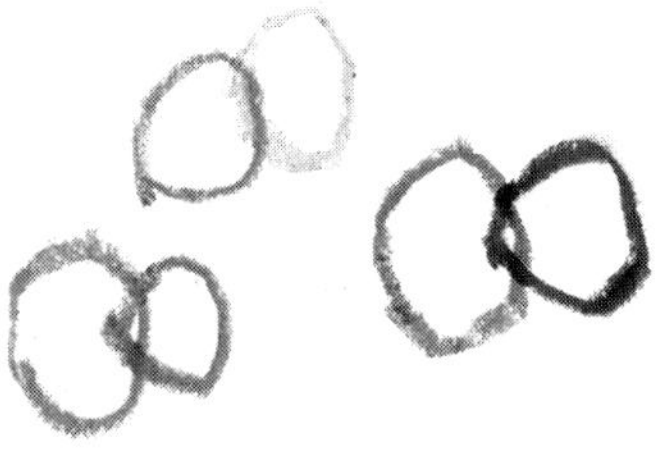

蝸牛（あとがきに代えて）

時間のない国を目指していたのか
フツウに追いつけなかったのか
干からびた
蝸牛の殻を見つけました
その殻で出汁をとったら
一冊の詩集になりました

ふふっと
笑ってもらえたなら幸いです

記憶のはじまりを辿ると
「はやく」
とせき立てられる声

毎日がとてもつらく
安心できる場所がありませんでした

現代社会は
時計に管理され
時間に支配されているので

大人になればなるほど
その支配を享受して
厳守することが
人であるための条件とされ
常識を測る上での
フツウラインなので

「どうしてフツウにできないの？」

という問いと責めを
数えきれないほど浴びてきました

人としての条件が守れない
人でなしの私は
そんな社会に不適応と考え
何度か死んでみようと試みたものの
こちらも上手くいかず
死に損ないは
生きるしかないので

わたしにはきっと
大切な部品が欠けているのだろう
とか
宇宙人なのだろう

と、殻に閉じこもったり
自分を卑下したり
いつかはフツウになれるだろう
などと
時には
奮い立たせて
そんなことはつゆも気にしていないかの如く
ふてぶてしく
生き延びて
これまた社会に
中途半端に溶け込んだりするものだから

怠けているとか
だらしがないとか
ふざけているとか

アナーキーだとか
叱られ
とうとう呆れられ
それでも
なんとかフツウに追いつくために
猛烈に努力してきた気がします
案外真面目に生きてきたと思います
自分をたまには褒めてあげたいです
フツウというものさしで引かれたマス目の中に収まれず
ほんの少しはみ出すだけで
人が人の評価を下げる
残念ながら
わたしをとりまく社会とは
そういうものらしい
どんどん

そうなっているらしい
それはおかしいのではないか

そんな気持ちが
わたしに詩なんぞを
書かせてきたのかも知れません
たとえ世間というものから
干されても

ああ、そうか
あれは
わたしだったのか

※蝸牛＝かたつむり

著者

秋元里文（Satomi Akimoto）

東京都在住。

10歳くらいから詩のようなものを書きはじめ、主にブログに作品を発表。児童文学者協会「一日だけの詩の教室」や詩論研に参加。２００８年協会発行『日本児童文学』への投稿をきっかけに菊永謙さんに拾われる。これまで「少年詩の学校」「ざわざわ」「ネバーランド」「詩と思想」などにも作品を発表。「みみずく」同人、草創の会会員。『月にすっぴん』が初の詩集となる。

イラストレーター

波田佳子（Yoshiko Hada）

東京都在住、フリーランスイラストレーター。

世の中がワクワクしていくような無国籍で遊び心のあるそのスタイルは国内外の幅広い媒体に支持され、TV番組、CDジャケット、テキスタイル、また海外のアパレルブランドとコラボレーションをてがける等、活動の場は多岐にわたる。２０２１年ボローニャ国際絵本原画展入選、２０１８年 Ilustrarte入選、２０１５年TIS入選、他入選多数。

月にすっぴん

2024年2月14日　初版第一刷発行

著　　者　秋元里文
絵と装丁　波田佳子
発 行 者　入江隆司
発 行 所　四季の森社
〒195-0073　東京都町田市薬師台 2-21-5
Tel: 042-810-3868　Fax: 042-810-3868　E-mail: sikinomorisya@gmail.com
印刷所　モリモト印刷株式会社

ISBN978-4-905036-39-5 C0092